PIERRE DE RONSARD

# DISCOURS DES MISERES
## DE CE TEMPS
### A LA ROYNE MERE DU ROY

Fac-similé de l'édition gothique inconnue
conservée
à la Bibliothèque Nationale

publiée

PAR

ALFRED PEREIRE

PARIS
LIBRAIRIE ANCIENNE ÉDOUARD CHAMPION
5, QUAI MALAQUAIS, 5
1924

# DISCOURS DES MISERES

## DE CE TEMPS

Tiré à 250 exemplaires numérotés
(nos 1 à 50 hors commerce)
sur les presses
de
Philippe Renouard

EXEMPLAIRE N°______

Fac-similé
par
Daniel Jacomet

PIERRE DE RONSARD

# DISCOURS DES MISERES
## DE CE TEMPS
### A LA ROYNE MERE DU ROY

Fac-similé de l'édition gothique inconnue
conservée
à la Bibliothèque Nationale
publiée
PAR
ALFRED PEREIRE

PARIS
LIBRAIRIE ANCIENNE ÉDOUARD CHAMPION
5, QUAI MALAQUAIS, 5
1924

*En préparation*

DU MÊME AUTEUR :

HISTOIRE DE L'HUMANISME EN FRANCE

I. Le Monde des Lettres et de l'Érudition française pendant la Renaissance.

II. Origine — Triomphe — Influence.

A MON AMI

PIERRE CHAMPION

le seul exemplaire de Ronsard
qu'il ne connaisse pas.

A. P.

# Diſcours des Miſeres de ce Temps.

A la Royne Mere du Roy.

Par P. de Ronſard Vandomois.

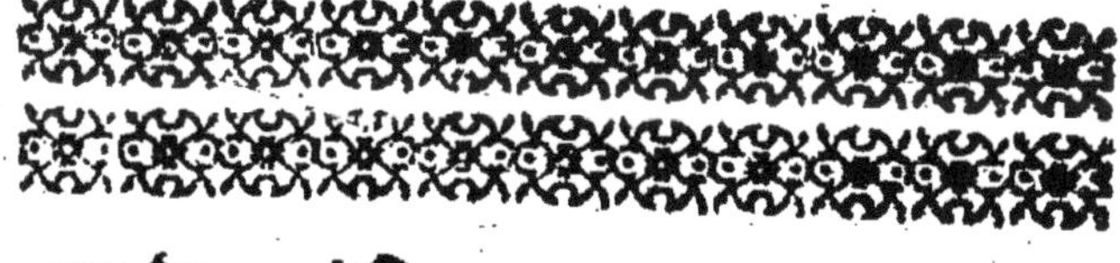

# Discours a la Royne.

Par P. de Ronsard.

SI depuis que le monde a pris commencement,
Le Vice d'age en age eust pris accroissement,
Il y a ia long temps que l'extreme malice
Eust surmõté le monde & tout ne fust que Vice.
Mais puis que nous voyons les hommes en tous lieux
Vivre, l'un Vertueux, & l'autre Vicieux,
Il nous fault confesser que le Vice difforme
N'est pas Victorieux : mais suit la mesme forme :
Qu'il avoit des le iour que l'homme fut vestu
(Ainsi que d'un habit) de Vice & de Vertu.
Ny mesme la Vertu ne s'est point augmentee,

Si elle saugmentoit/sa force fut montee
Jusque au plus hault degre: ⁊ tout seroit icy
Vertueux ⁊ parfaict/ce qui nest pas ainsi.
Or comme il plaist aux meurs/aux princes/⁊ a laage/
Quelque fois la Vertu abonde dauantage/
Et quelque fois le Vice/⁊ lun en se haulsant
Va de son compaignon le credit rabaissant/
Puis il est rabaisse: affin que leur puissance
Ne preigne dans ce Monde vne entiere accroissance.
Ainsi il plaist a Dieu de nous exerciter
Et entre bien ⁊ mal laisse lhomme habiter
Comme le Marinier qui conduit son voyage
Ores par le beau temps/⁊ ores par lorage.
Vous (Royne) dont lesprit prend plaisir quelque fois
De lire ⁊ descouter lhystoire des Francois
Vous scauez en voyant tant de faictz memorables
Que les siecles passez ne furent pas semblables.
Vn tel Roy fut cruel/lautre ne le fut pas/
Lambition dun tel causa mille debats/
Vn tel fut ignorant/lautre prudent ⁊ sage
Lautre ne eut point de cueur/lautre trop de courage

Telz que furent les Roys/telz furent leurs
subiectz
Car les Roys sont tousiours des peuples les
obiectz
Il fault dõc des ieunesse instruire bien vn prince
Afin que auec prudence il tienne sa prouince
Il fault premierement quil ayt deuant les
yeulx
La crainte dun seul Dieu: quil soit deuotieux
Enuers la Saincte Eglise/& que point il ne
change
La Foy de ses ayeulz pour en prendre vne
estrange
Ainsi que nous voyons instruite nostre Roy
Qui par vostre vertu na point change de loy
Las: Madame en ce temps que le cruel orage
Menace les Francois dun si piteux naufrage
Que la gresle & la pluye/& la fureur des cieux
Ont irrite la Mer de vens seditieux/
Et que lastre iumeau ne daigne plus reluire/
Prenez le Gouuernail de ce pauure Nauire
Et maugre la Tempeste/& le cruel effort
De la Mer & des vens/cõduisez le a bon port.
La France a ioinctes mais vous en prie & reprie
Las: qui sera bien tost & proye & mocquerie
Des princes estrangers/sil ne vous plaist en
bref

Par vostre authorite appaiser ce meschef.
Ha que diront la bas soubz les tombes poudreu-
ses/
De tant de vaillās Roys les ames genereu-
ses:
Que dira Pharamond: Clodion & Clovis/
Nos Pepins: nos Martels/ nos charles nos
Loys/
Qui de leur propre sāg versé parmy la guerre
Ont acquis a nos Roys vne si belle terre:
Que diront tant de Ducs/ & tant dhōmes guer-
riers
Qui sont Mortz dune Playe au combat les
premiers
Et pour France ont souffert tant de labeurs
extremes
La voyant auiourdhuy destruite par nous
mesmes:
Ilz se repentiront davoir tant travaille
Querelle/ combatu/ guerroye/ bataille
Pour vn peuple mutin divise de courage
Qui pert en se iouant vn si bel heritage:
Heritage opulent/ que toy peuple qui bois
De langloise Tamise/ & toy More q̄ vois
Tomber le chariot du Soleil sur ta teste/
Et toy race Gottique aux armes tousiours
preste

Qui sens la froide Bise en tes cheueux venter
Par armes nauez sceu ny froisser, ny domter
Car tout ainsi quon voit vne dure coignee
Moins reboucher son fer, pl⁹ est embesongnee
A couper a trancher, & a fendre du bois
Ainsi par le trauail sendurcist le Francois:
Lequel nayãt trouue qui par armes le domte
De son propre Cousteau soy mesmes se sur-
monte/
Ainsi le fier Aiax fut de soy le vainqueur
De son propre cousteau se tresperceãt le cueur
Ainsi Romme iadis des choses la merueille/
Qui depuis le riuage ou le Soleil seueille
Jusques a lautre bord son Empire estendit/
Tournant le fer contre elle a la fin se perdit
Cest grand cas que noz yeulx sont si plains du-
ne nue
Quilz ne congnoissent pas nostre pte aduenue
Bien que les Estrangers qui nont point da-
mitie
A nostre Nation / en ont mesmes pitie
Nous sommes acablez dignorance si forte/
Et liez dun sommeil si paresseux de sorte
Que nostre esprit ne sent le malheur qui nous
poingt
Et voyans nostre mal nous ne le voyons
point.

Des long temps les escripts des antiques pro-
phetes/
Les songes menacans/les hydeuses cometes
Nous auoient bien predit que Lan soixante
& deux
Rendroit de tous costez les Francois mal-
heureux/
Tuez/assassinez: mais pour nestre pas sages
Nous nauons iamais creu a si diuins presa-
ges/
Obstinez/aueuglez: ainsi le peuple Hebrieu
Nadioutoit point de Foy aux Prophetes de
Dieu:
Lequel ayant pitie du Frācois qui fouruoye
Comme pere benin du hault Ciel luy enuoye
Songes & Visions/& prophetes a fin
Quil pleure & se repente/& samende a la fin.
Le Ciel qui a pleure tout le long de Lannee/
Et Seine qui couroit dune vague effrenee
Et bestail & pasteurs largement rauissoit/
De son malheur futur Paris auertissoit/
Et sembloit que les Eaux en leur rage pro-
fonde/
Voulussent renuoyer vne autrefois le monde
Cela nous predisoit que la terre & les Cieux/
Menacoient nostre Chef dun mal prodigieux
O toy Hystorien qui dancre non menteuse

Elle fut si enflee / & si pleine derreur
Que mesme a ses parens elle faisoit horreur
Elle auoit le regard dune orgueilleuse beste
De vent & de fumee estoit pleine sa teste /
Son cueur estoit couue de vaine affection
Et soubz vn pauure habit cachoit lambition
Son visage estoit beau comme dune Sereine
Dune parole doulce auoit la bouche pleine
Legere elle portoit des aisles sur le dos :
Ses iambes & ses piedz nestoient de chair ny de os
Ilz estoient faictz de Laine / & de Cotton bien tendre
Afin qua son marcher on ne la peut entendre.
Elle se vint loger par estranges moyens
Dedans le cabinet des Theologiens
De ces nouueaux Rabins / & brouilla leurs courages
Par la diuersite de cent nouueaux passages
Afin de les punir destre trop curieux
Et dauoir eschelle comme geans les Cieux.
Ce monstre que iay dit met la Frãce en campaigne
Mandiant le secours de Sauoye / & Despaigne /
Et de la nation qui prompte au Tabourin
Boit le large Danube / & les ondes du Rhin

Escripts de nr̃e temps lhystoire monstrueuse
Racompte a noz enfãs tout ce malheur fatal
Afin quen te lisant ilz pleurent nostre mal/
Et quilz prẽnent exemple aux pechez de leurs peres
De peur de ne tomber en pareilles miseres.
De quel front/de quel oeil/o siecles inconstans:
Pourront ilz regarder lhystoire de ce temps:
En lisant que lhonneur/& le sceptre de France
Qui depuis si lõg age auoit pris accroissance
Par vne opinion nourrice des combats
Comme vne grande roche/est bronche contre bas.
On dict que Jupiter fache contre la race
Des hommes qui vouloient par curieuse audace
Enuoyer leur raisons iusques au Ciel/pour scauoir
Les haultz secrets Diuins/ que lhomme ne doit voir
Vn iour estant gaillard choisit pour son amie
Dame Presumption/la voyant endormie
Au pied du mont Olympe/& la baisant soubz sain
Conceut lopinion Peste du genre humain
Cuider en fut nourrice/& fut mise a lescolle
Dorgueil/de fantasie/& de ieunesse folle.

Le monstre arme le filz contre son propre pere
Et le frere (o malheur) arme contre son frere
La soeur contre la Soeur / & les cousins ger-
mains
Au sang de leurs Cousins veullent tremper
leurs mains
Loncle fuit son nepueu / le seruiteur sõ maistre
La Femme ne veult plus son Mary recon-
gnoistre /
Les enfans sans raison disputent de la foy
Et tout a labãdon va sans ordre & sans loy.
Lartizan par ce Monstre a laisse sa boutique
Le pasteur ses brebis / Laduocat sa pratique /
Sa nef le Marinier: sa foire le Marchant
Et par luy le preudhõme est deuenu meschãt /
Lescollier se desbauche / & de sa faux tortue
Le Laboureur fasonne vne dague pointue /
Vne pique guerriere il faict de son rateau /
Et lacier de sõ coultre il chãge en vn couteau
Morte est lautorite: chascun vit a sa guise
Au vice desreigle la licence est permise
Le desir / lauarice / & lerreur incense
Ont san dessus dessoubz le monde renuerse.
On a faict des lieux saincts vne horrible voerie
Vn assassinement & vne pillerie:
Si bien q̃ Dieu nest seur en sa propre maison
Au Ciel est reuollee / & Justice & raison

Et en leur place helas regne le brigandage
La force/les cousteaux/le sang & le carnage.
Tout va de pis en pis: les Citez qui viuoient
Tranquilles ont brise la foy quelle deuoient
Mars enfle de faulx zele & de vaine apparēce
Ainsi que vne furie agite nostre France:
Qui farouche a son prince/opiniastre suit
Lerreur dun estranger qui folle la conduit.
Tel voit on le poulain dōt la bouche trop forte
Par bois & par rochers son escuyer emporte
Et maugre lesperon/la houssine & la main
Se gourme de sa bride/& nobeist au frein:
Ainsi la France court en armes diuisee/
Depuis que la raison nest plus autorisee.
Mais vous Royne tressage en voyāt ce discord
Pouuez en commandant/les mettre tous daccord:
Imitant le pasteur qui voyant les armees
De ses mouches a miel fierement animees
Pour soustenir leurs Roys/au cōbat se ruer
Se percer/se piquer/se naurer/se tuer/
Et parmy les assaults forcenant pesle mesle
Tomber mortes du Ciel aussi menu q̄ gresle
Portant vn gentil Cueur dedans vn petit corps:
Il verse parmy laer vn peu de poudre: & lors
Retenant des deux Cāps la fureur a son aise

Pour vn peu de sablon leur querelles appaise
Ainsi presque pour rien la seulle dignite
De voz enfans/de vous de vostre autorite
(Que pour vostre vertu chaque Estat vous accorde)
Pourra bien appaiser vne telle discorde.

¶ O Dieu qui de la hault nous enuoyas ton filz/
Et la paix eternelle auecques nous tu fis
Donne(ie te supply)que ceste Royne mere
Puisse de ces deux Camps appaiser la colere.
Donne moy de rechef que son sceptre puissāt
Soit maulgre le discord en armes fleurissant
Donne que la fureur de ce Monstre barbare
Aille bien loing de France au riuaige Tartare/
Donne que noz Harnois de sang humain tachez
Soient dans vn Magasin pour iamais attachez/
Donne que mesme loy vnisse noz prouinces
Vnissant pour iamais le vouloit de noz princes.
Ou bien/(O Seigneur Dieu)si les cruelz destins

Nous veullent saccager par la main des mu-
tins:
Donne que hors des Poings eschappe la ru-
messe
De ceux qui soutiendront la mauuaise que-
relle,
Donne que les Serpẽs des hideuses fureurs
Agitent leurs cerueaux de Paniques terreurs
Donne quen plein Midy le iour leur semble
trouble
Donne que pour vn Coup ilz en sentent vn
double,
Donne que la Poussiere entre dedans leurs
yeulx:
Dun esclat de Tonnerre arme ta main aux
Cieulx:
Et pour punition eslance sur leur teste
Et non sur vn Rocher les traictz de ta Tem-
peste.

# NOTICE

PAR

ALFRED PEREIRE

# NOTICE

Dans notre *Bibliographie des Œuvres de Ronsard*, nous avons la bonne fortune de signaler pour la première fois, croyons-nous, un exemplaire inconnu du *Discours des Miseres de ce temps*, publié en caractères gothiques. Cette édition paraît avoir été imprimée en 1562, comme l'édition originale (1). En dehors des *Livres d'Heures*, l'usage du caractère gothique à cette date (2) ne laisse pas que d'être singulier, encore que quelques typographes provinciaux aient continuer à utiliser ce

(1) DISCOVRS || DES MISERES || DE CE TEMPS. || *A la Royne mere du Roy.* || PAR P. DE RONSARD VANDOMOIS || [Grande Marque typographique de Gabriel Buon.] || A PARIS, || *Chez Gabriel Buon, au clos Bruneau,* || *à l'enseigne S. Claude.* || 1562. || *Auec Priuilege du Roy.* ||

In-4° de 6 feuillets non chiffrés (signés $A_4$-$B_2$) [caractères italiques].

Bibl. nat. Réserve. m Ye. 50.

(2) Parlant d'une plaquette gothique *Salve Dalkimie*, imprimée vers 1553 à Dijon, on lit dans le

caractère si commun à la fin du xv^e siècle.

Toutes les *Œuvres* de Ronsard ont paru en caractères romains ou italiques, sauf cette plaquette rarissime, conservée à la Bibliothèque nationale sous la cote : Réserve. Ye. 4760.

Cette plaquette, que nous croyons unique, semble avoir échappé aux minutieuses investigations de nos prédécesseurs. Elle a été imprimée par François Tru-

*Bulletin de la Librairie Morgand* (II, 399, n° 6370) : « Quant à la date de 1553, que nous attribuons à [ce] poème, elle peut paraître bien moderne à ceux qui ont sous les yeux une petite plaquette, imprimée en caractères gothiques, mais il ne faut pas oublier que les imprimeurs provinciaux continuèrent d'employer les lettres gothiques, longtemps après que les typographes parisiens les avaient abandonnées. Pour ne citer qu'un exemple, l'imprimeur *François Trumeau*, de Troyes, fit paraître en 1563 plusieurs pièces relatives à la mort du Duc de Guise, où il ne se servit que de gothique. La même tradition se conserva en Bourgogne : ainsi en 1589, Jehan des Planches imprima partiellement en lettres gothiques le titre du *Cruel Assiegement de la ville de Gais.* »

meau (1), de Troyes, et porte sur le titre le grand fleuron à ses initiales (F. T.). François Trumeau est un des derniers imprimeurs français qui se soit servi jusqu'en 1569 de caractères gothiques. Il tenait cette particularité de famille. François Trumeau était le fils de Thibault Trumeau et le petit-fils de Jean Ier Lecoq (2). Les Lecoq sont connus comme étant une des plus vieilles familles troyennes ayant exercé la profession d'imprimeur. Ils s'étaient même fait une spécialité d'imprimer les ouvrages liturgiques. On doit en particulier à Jean Ier Lecoq des *Heures a l'usaige de Troyes* (1511). A sa mort, sa veuve continua

(1) Seymour de Ricci, avec son érudition coutumière, n'avait pas hésité, à première vue, à attribuer spontanément cette plaquette à l'atelier de Lecoq, et, en particulier, à l'imprimeur François Trumeau.

(2) Corrard de Breban, *Recherches sur l'établissement et l'exercice de l'Imprimerie à Troyes*... Paris, Chossonnery, 1873.

pendant quelque temps l'exploitation de son imprimerie. Elle s'adjoignit son fils aîné Thomas et son gendre Thibault Trumeau. Le nom de Thibault Trumeau figure sur le *Missel* de 1553, « Missale ad usum insignis ecclesie Trecensis » (gothique). La veuve Lecoq mourut vers 1552. Thibault Trumeau reprit l'imprimerie de sa belle-mère Lecoq et s'adjoignit son jeune beau-frère Jean II Lecoq. Thibault Trumeau mourut l'année suivante, 1553. Sa veuve continua de diriger l'officine jusqu'en 1560, date où son fils François prit la direction de l'imprimerie. Il y trouvait de belles séries de lettres gothiques et d'initiales ornées à fond criblé. M. Picot, dans le catalogue Rothschild, indique une plaquette identique portant le même fleuron aux initiales de François Trumeau. C'est l'*Entree, sacre et couronnement du roi Charles neufiesme* (1).

(1) ❧ Lentree / || Sacre / ꝛ Couronnement du Roy || Charles neufiesme. Faicte en la ville || de

Parmi les diverses plaquettes que possède la Bibliothèque Nationale, toutes portent, en guise de marque typographique, l'écu du comté de Champagne surmonté de trois fleurs de lys (1).

Reims : le mercredy xiiii. iour || de May / Mcccc. lxi. Avec || les triumphes & ma-|| gnificẽces faictes || audict Sacre. *S. l. n. d.* [Troyes, 1561], in-8° goth. de 8 ff. non chiffrés... Le v° du dernier feuillet ne contient que l'écu de France. Catalogue Rothschild, V, n° 3351.

(1) Morin (Louis), *L'Imprimerie à Troyes pendant la Ligue*. Paris, Henri Leclerc, 1912. En voici deux exemplaires :

❧ De par mon || seigneur le Duc || De Niuernois / Pair de || France : Gouuerneur || et Lieutenant ge||neral pour || le Roy || En Champagne / et Brye. ||

[Écu du comté de Champagne surmonté de trois fleurs de lys d'or], s. l. n. d. [14 septembre 1562].

Petit in-4° de 4 feuillets non chiffrés (gothique).

Bibl. nat. Réserve. F. 1884.

❧ Ordonnance || faicte par Monseigneur le Duc Dau||malle / Pair de France / Gouuerneur || de Bourgogne / et Lieutenant ge||neral du Roy / en Chapaigne et Brie. || Suyuant la volonté du Roy / et les || Edictz de la Paix || [Écu du comté de Champagne surmonté de trois fleurs de lys d'or] ||

Elles portent au dernier feuillet les armes de France. Notre plaquette seule offre également dans un fleuron plus petit la simple lettre T, renversée certainement par mégarde.

Quant au texte, il est semblable à celui de l'édition originale de Gabriel Buon (1562) dont il reproduit servilement le texte, jusqu'à donner même une faute échappée au typographe parisien. Nous ignorons la date où parut la plaquette. Une note manuscrite, qui semble contemporaine, indique l'année « 1561 (*circa*) ». Comme l'établit M. Laumonier, le *Discours* parut aux environs du 1er juin 1562.

Le Privilège fut accordé (1) le 20 septembre 1560 : Il est enjoint à Pierre de Ron-

¶ A Troyes || Chez François Trumeau : Rue Nostre || Dame / pres les Trois Escus. || [s. d., 1563].

Petit in-4° gothique de 8 feuillets non chiffrés (*in fine* : Écu de France).

Bibl. nat. F. 1885.

(1) Cf. Privilège de l'édit. Buon. Appendice I.

sard... de choisir et commettre tel imprimeur qu'il verra et connaîtra être suffisant pour imprimer ou faire imprimer ses œuvres déjà mises en lumière... si elles n'ont été imprimées par sa permission ou celle de l'imprimeur... On est en droit de supposer que c'est d'accord avec Ronsard ou Gabriel Buon, ou les deux, que le texte parvint à Troyes aux fins d'impression. Ronsard, comme on peut le voir dans les éditions collectives de 1578 (1) et 1584 (2), a apporté au texte primitif de nombreuses variantes (3).

Il ne faudrait point, pensons-nous, voir dans cette plaquette une simple contrefaçon de l'édition de Buon, telle du moins qu'elle se présente dans les exemplaires que nous avons pu consulter. La plaquette gothique pourrait bien d'ailleurs dériver d'une

(1) Édition Vaganay.
(2) Édition Laumonier.
(3) Cf. Variantes. Appendice II.

source qui ne nous est plus accessible. Il y a là un petit problème d'histoire littéraire dont la solution nous échappe pour le moment.

# APPENDICE I

## Extraict du privilege du Roy

Par privilege du Roy, donné à Sainct Germain en Laye, le XX. iour de Septembre l'an mil cinq cens soixante, il est enioinct à P. de Ronsard, gentilhomme Vandomois, de choisir et commettre tel Imprimeur docte et diligent qu'il verra et cognoistra estre suffisant pour fidelement imprimer, ou aire imprimer les œuvres ia par luy mises en lumiere, et autres qu'il composera et fera par cy apres. Inhibant (ledict Seigneur) à tous Imprimeurs, Libraires, Marchans et autres quelzconques, qu'ils n'ayent à imprimer ou faire imprimer aucunes des œuvres, qui par ledict Ronsard ont esté et seront cy apres faictes et composées, ny en exposer aucunes en vente, s'elles n'ont esté et sont imprimées par ses permission, licence et congé, ou de l'Imprimeur par luy choisi et commis à l'impression d'icelles. Et ce sur peine de confiscation des livres ia imprimés, ou à imprimer, et d'amende arbitraire, tant envers le Roy qu'envers ledict Ronsard, et des interests et dommages de l'Imprimeur par luy choisi et esleu. Le tout pour les causes et raisons contenues et amplement déclarées audict privilege. Ainsi signé sur le reply, Par le Roy, Vous présent de Lomenie : et séellé à double queue du grand seau, de cire iaune.

*Ledict Ronsard a permis à Gabriel Buon d'imprimer ou faire imprimer Le discours des misères de ce Temps, à la Royne mère du Roy, iusques au terme de six ans, finis et acomplis, à commencer du iour que ledict livre sera achevé d'imprimer* (1).

(1) Ce dernier paragraphe est en italique sur l'édition Buon.

# APPENDICE II

(P = plaquette. L = Laumonier. V = Vaganay.)

P. Le vice dage en age eust...
L. *Le vice d'age en age avoit...*

P. Il y a ia long temps que...
L. *Cinq mille ans sont passez que...*

P. Eust surmonte le monde...
L. *Eust surmonté le peuple...*

P. Vivre, lun...
L. *Vivre l'un...*

P. Qu'il avoit des le iour...
L. *Qu'il receut dès le iour...*

P. Jusque au plus hault degre...
L. *Au plus haut période...*

P. Or comme il plaist aux meurs...
L. *Or comme il plaist aux lois.*

P. Et quelque fois le vice...
L. *Le vice quelquefois...*

P. Ne preigne dans ce Monde...
L. *Ne prenne entre le peuple...*

P. Ainsi il plaist a Dieu de...
L. *Ainsi plaist au Seigneur de...*

P. Et entre bien et mal laisse...
L. *Et entre bien et mal laisser...*

P.V. Vous (Royne) dont l'esprit prend plaisir...
L. *Vous (Royne) dont l'esprit se repaist...*

P. Telz que furent les Roys, telz furent leurs...
L. *Tels que furent les Rois, tels furent les...*

P. Envers la Saincte Eglise.
L. *Vers l'Eglise approuvée.*

P. Par vostre authorite appaiser ce meschef.
L. *Par vostre authorité appaiser son meschef.*

P. Qui de leur propre sang verse parmy la guerre.
L. *Qui de leur propre sang à tous périls de guerre.*

P. Ont acquis a nos Roys une si belle terre
L. *Ont acquis à leurs fils...*

P. La voyant auiourdhuy destruite par nous mesmes.
L. . . . . . . . . . . . *destruire par soy-mesmes.*

P. Ilz se repentiront davoir tant travaille,
Querelle, combattu, guerroye, bataille.
L. . . . . . . . . . . . . . . . . . . . .
*Assailly, defendu, guerroyé, bataillé.*

P. De Langloise Tamise...
L. *La Tamise Albionne...*

P. Par armes navez sceu.
L. *Par armes n'aviez sçeu.*

P. Car tout ainsi qu'on voit une dure
L. . . . . . . . . . *voit de la dure*

P. Moins reboucher son fer.
L. . . . . . . . . *l'acier.*

P. De son propre cousteau...
L. . . . . . . . *poignard* ...

P. Nous avoient bien predit que lan
L. *Avoient assez prédit que*...

P. Nous navons iamais creu a si divins
L. *Foy n'avons adioustée*...

P. Nadioustoit point de foy...
L. *N'avoit point de creance.*

P. Et bestail et pasteurs largement ravissoit.
L. . . . . . . . . . . . *et maisons ravissoit.*

P. Voulussent renvoyer (1) une autre fois
L. *Voulussent re-noyer une autre.*

P. Que mesme a ses parens elle faisoit horreur.
L. *Que mesmes ses parens faisoit trembler d'horreur.*

P. De vent et de fumee estoit pleine sa teste.
L. . . . . . . . . . *avoit pleine la teste.*

P. V. Et le frere (o malheur) arme contre son frere.
L. *Le frere factieux s'arme contre son frere.*

(1) R'enoyer (Gab. Buon, 1562).

P. Morte est l'autorite : chascun vit a sa guise,
L. . . . . . . . . . . . . . . *vit en sa guise.*

P. Un assassinement et une pillerie.
L. *Une grange, une estable et une pillerie.*

P. La force, les cousteaux, le sang et le carnage.
L. *La force, le harnois...*

P. Tout va de pis en pis : les citez qui vivoient
Tranquilles ont brise la foy quelle devoient.
L. *Tout va de mal en pis : le suiet a brisé*
*Le serment qu'il devoit à son Roy mesprisé.*

P. L'erreur dun estranger qui folle la conduit.
L. . . . . . . . . . . . *et folle se destruit.*

P.V. Se gourme de sa bride et n'obeist ...
L. *Se gourmer de sa bride et n'obeir au...*

P. Imitant le pasteur qui voyant les armees.
De ses mouches a miel fierement animees.
L. . . . . . . . . . . . . . . . . . . .
*Des abeilles voller au combat animées.*

P. Pour soustenir leurs Roys, au combat se ruer.
L. *Et par l'air à monceaux espaisses se ruer.*

P. Et parmy les assaults forcenant pesle mesle.
L. *Puis comme tourbillons se meslant pesle-mesle.*

P. Il verse parmy laer un peu de poudre...
L. *Il verse sur leur camp un peu de poudre...*

P. Retenant des deux camps la fureur a son aise.
L. *De ces soudars ailez le pasteur à son aise.*

P. Pour un peu de sablon leur (1) querelles appaise.
L. . . . . . . *sablon tant de noises appaise.*

P. Donne que la fureur de ce Monstre barbare.
L. . . . . . . . . . . . *de la guerre barbare.*

P. Donne que noz harnois. . .
L. *Donne que nos couteaux. . . .*

P. Donne que mesme loy unisse nos provinces.
Unissant pour iamais le vouloir de nos princes.
L. *Et les armes au croq, sans estre embesongnées,*
*Soyent pleines desormais de toiles d'araignées.*

Laumonier, t. V, p. 329-336.

(1) *Sic*, même faute dans Buon.

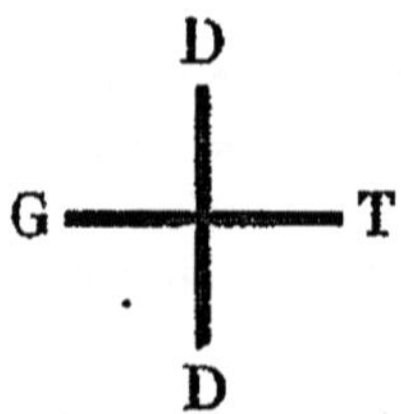
D
G
T
D

www.ingramcontent.com/pod-product-compliance
Ingram Content Group UK Ltd.
Pitfield, Milton Keynes, MK11 3LW, UK
UKHW021528260726
13993UKWH00004B/1883